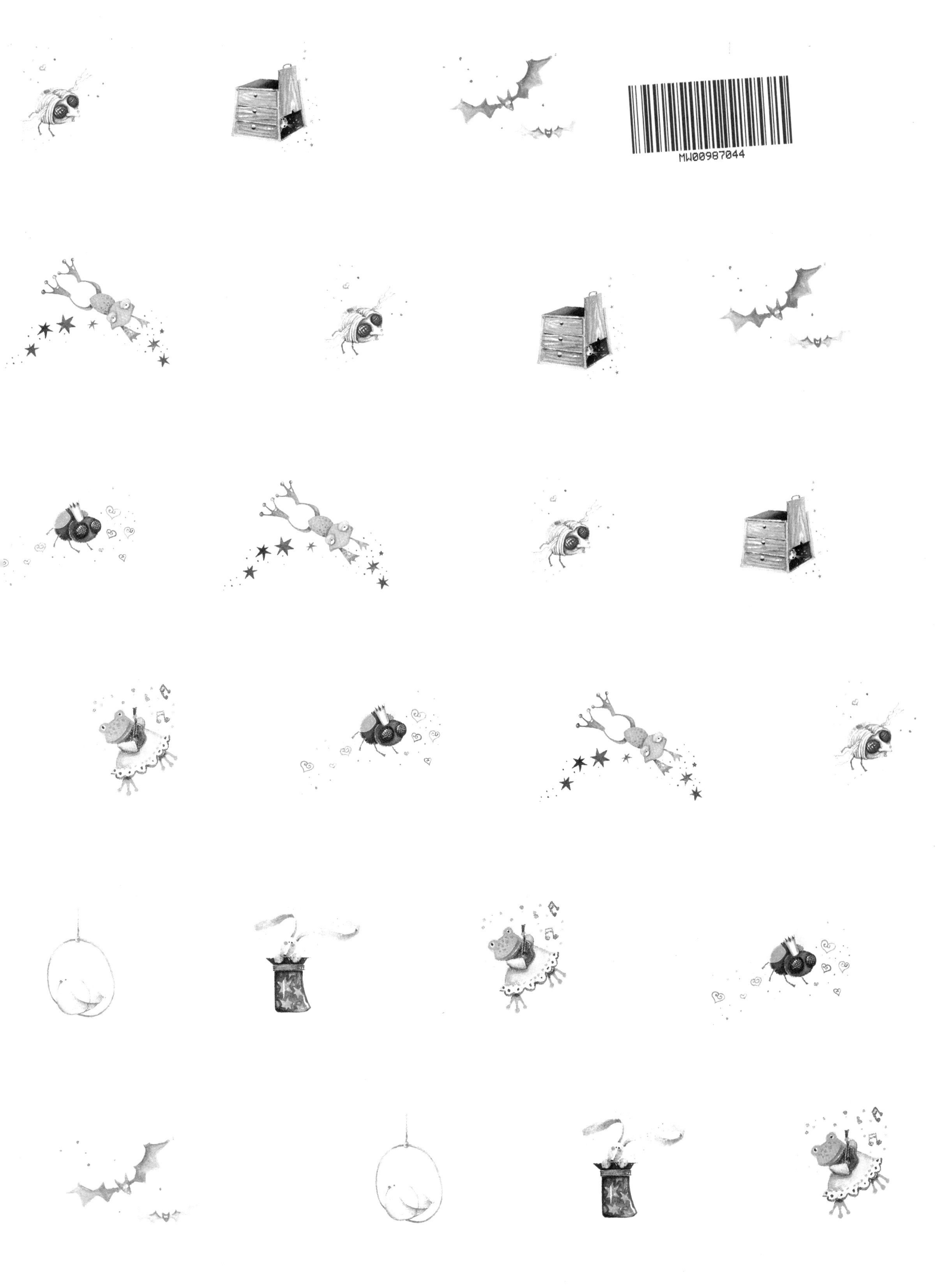

Para Kuky, por mi primera caja de magia

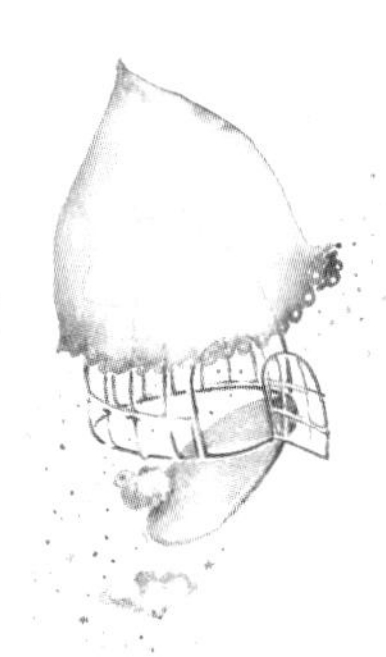

Editora: Silvia Portorrico
Diseño: Patricia Jastrzebski
Producción Industrial: Sergio Valdecantos

Título original: EL MAGO BAMBINI, LA BRUJA, EL HECHICERO Y EL MOSCARDÓN.

Primera edición publicada por EDITORIAL ATLÁNTIDA S.A.y VUELTA DE PÁGINA,2006.
Azopardo 579, Buenos Aires, Argentina.
Hecho el depósito que marca la Ley 11.723. Libro de edición argentina.
Impreso en Argentina. Printed in Argentina.
Esta edición se terminó de imprimir en el mes de agosto de 2006
en los talleres graficos de Sevagraf- Longseller., Buenos Aires, Argentina.

ISBN: 950-08-3261-5
978-950-08-3261-8

Vedia, Fernando de
El mago Bambini, la bruja, el hechicero y el moscardón / Fernando de Vedia ; ilustrado por Paula de la Cruz - 1a ed. - Buenos Aires : Atlántida, 2006.
32 p. : il. ; 22x28 cm.

ISBN 950-08-3261-5

1. Narrativa Infantil Argentina. I. Cruz, Paula de la, ilus. II. Título
CDD A863.928 2

Fecha de catalogación: 01/06/2006

El mago Bambini

la bruja, el hechicero y el moscardón

Ilustrado por Paula de la Cruz

EDITORIAL ATLANTIDA

El pequeño Bambini aún no había nacido, pero ya le gustaban los trucos de magia.
Todavía estaba adentro de la panza de su mamá cuando descubrió que el cordón umbilical se había hecho un nudo. Con su manito derecha hizo unos pases, la izquierda la tenía ocupada porque se estaba chupando el dedo gordo. En un instante, y sin haberlo tocado, el nudo desapareció.

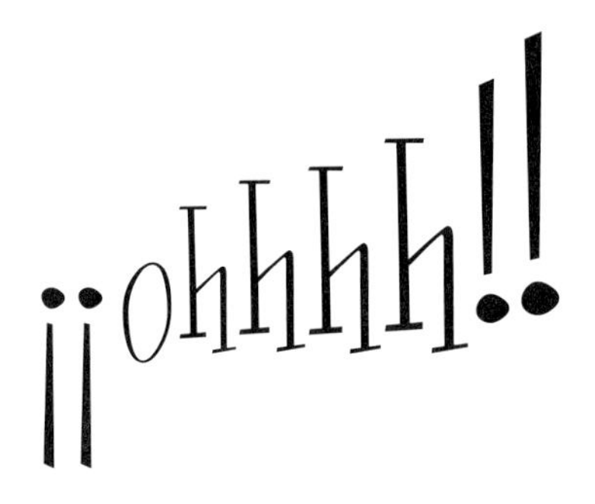

–No cabe ninguna duda –dijo el doctor Toscopio, que lo había visto todo por la ecografía–, Bambini será mago.

Y no se equivocó.

Cuando cumplió un año, después de soplar la velita, su familia vio cómo tapaba la torta de chocolate con su babero y la hacía desaparecer.

Todos se quedaron asombrados.

Y con hambre.

En el Jardín de Infantes la seño Laura
vivía preocupada:
–Todos los días Bambini hace flotar cosas por el aire –se quejaba la seño a sus papás.

También hacía flotar a sus compañeros y ella no podía evitarlo porque Bambini la hipnotizaba y le hacía creer que era un conejo. Así que, mientras los chicos se golpeaban contra el techo, ella comía zanahorias.

Y no era necesario que viniera la directora a retarlo, porque como Bambini podía leer el pensamiento, él solito se ponía en penitencia.

Bambini creció y se hizo famoso en el barrio. Si algo se rompía, él lo arreglaba con su magia. Si alguien perdía algo, él lo hacía aparecer. Los vecinos lo adoraban, y tenía muchos amigos. Pero jamás revelaba sus secretos. Hasta que un día, Piojera, la bruja hechicera, se enteró de su existencia:

–¡Nadie es más poderoso que yo! –gritaba repleta de envidia, mientras se tiraba de los pelos resecos y se le hinchaba la verruga roja y amarilla que tenía en la nariz–. ¡Te las verás conmigo, Bambini!

Acto seguido se transformó en mosca. Y esa noche voló hasta la cama de Bambini. Mientras revoloteaba sobre las orejas del pequeño que dormía, le tiró un hechizo espantoso:

–¡Brujas y Cucos, condenen a este niño a revelar todos sus trucos! –dijo, y la habitación se llenó de niebla. Piojera no pudo quedarse porque un moscardón enamorado había comenzado a perseguirla.

Gran
Truco
Magia

Desde ese día, Bambini se convirtió en el mago alcahuete. Si cortaba a una mujer por la mitad, enseguida explicaba cómo lo había hecho.

Si atravesaba un pañuelo con un lápiz, todos se enteraban del truco. Si hacía aparecer un nudo de la nada, Bambini contaba el secreto.
La historia del mago que revelaba sus trucos llegó a oídos del Supremo Consejo de Magos.

—Debemos terminar con este muchacho antes de que él termine con nuestro arte –dijo el Mago Mayor. Y enviaron al temible Fu Man Chado en misión secreta para hacer callar al traidor de Bambini.

Y así comenzaron las persecuciones: Fu Man Chado que quería atrapar a Bambini, Bambini que buscaba a Piojera para que rompiera su hechizo, y el moscardón que corría a la bruja hechicera para casarse con ella.

Una noche, Bambini descubrió la casa de Piojera en medio del Bosque Espantoso. Era una casa de telarañas con puerta de pelusas. Encontró a Piojera sentada en su mecedora, a punto de tomarse una sopa crema de murciélagos.

–¡Bruja Piojera, sacame este hechizo que mi mamá me espera! –le gritó Bambini muy enojado.

La bruja le apuntó con una varita y ¡zas!... El pequeño mago quedó atado por una enredadera de víboras.

–¡Ja,ja,ja,ja! –rió la bruja con voz de hombre–. ¡Has caído en mi trampa, mago alcahuete! ¡ja,ja,ja,ja! ¡Sabía que vendrías!

Resultó que la bruja era Fu Man Chado, que había transformado a Piojera en rana para hacerse pasar por ella y atrapar a Bambini.

–¡Croac! –insultó Piojera desde un rincón.

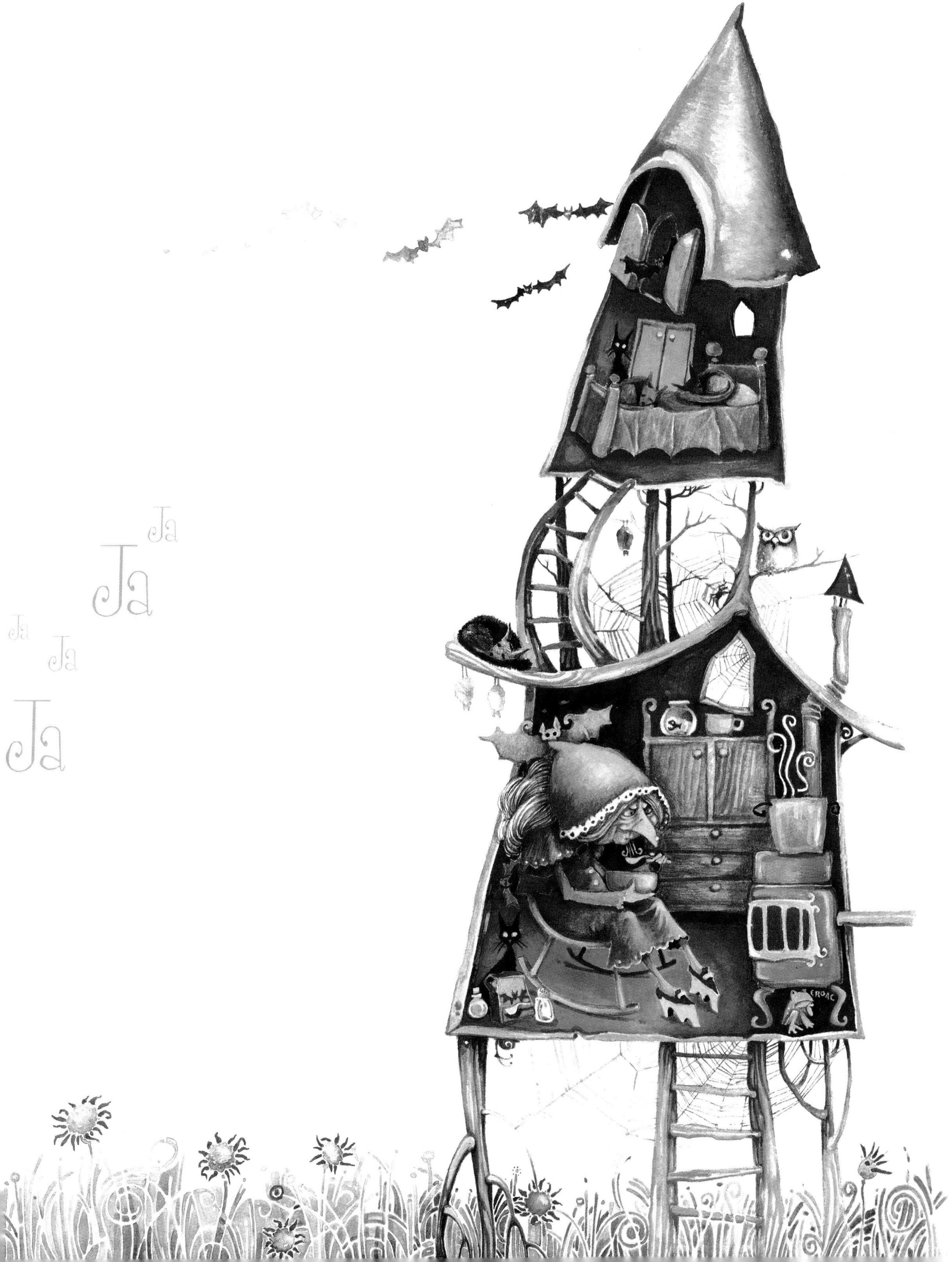

Ja
Ja
Ja
Ja
Ja

—Y ahora, pequeño charlatán, llegó tu hora –gruñó Fu Man Chado, que seguía disfrazado de bruja–. Primero te haré invisible y luego, con un solo pase, te enviaré a la tierra de los magos traidores de donde nunca se regresa.

Fu Man Chado le apuntó con su varita. Justo en ese momento apareció el moscardón enamorado, que empezó a revolotearle alrededor de su cabeza, creyendo que se trataba de su amada Piojera.

–¡Fuera de aquí, bicho asqueroso! –gritó Fu Man Chado, e intentó espantarlo revoleando su varita de aquí para allá. Con tanta mala suerte que se disparó el pase mágico a sí mismo y desapareció.

Sopa

También desapareció la enredadera de víboras, y Bambini quedó libre.

"Debo convertir a Piojera en bruja nuevamente, para que me saque el hechizo que me hace revelar todos los trucos", pensó Bambini mientras sostenía a la rana en la palma de su mano. Entonces recordó las palabras mágicas:

–¡Abracadabra, pata de cabra! –dijo, y ¡pluff!... Una nube de humo color arcoiris envolvió a la rana, que enseguida se transformó en cabra.

–¡Oh, no! –exclamó Bambini, haciendo fuerza para sostener a la cabra en su mano–. ¡Esta cabra pesa como un elefante, que aparezca la bruja en este instante! –exclamó otra vez, y la cabra se transformó en un elefante bebé.

–¡Mmmf mñññggg Ghhhfffff!

–alcanzó a decir Bambini, aplastado por el elefantito, que significaba: "¡Este truco me salió como la mona, que aparezca la bruja en lugar de esta elefanta narigona!". ¡Pluff! de nuevo y apareció una mona enorme que empezó a mecer a Bambini entre sus brazos.

"Debo practicar mejor este truco", pensó Bambini antes de hacer su último intento, también sin suerte, ya que la mona se convirtió en mosca.

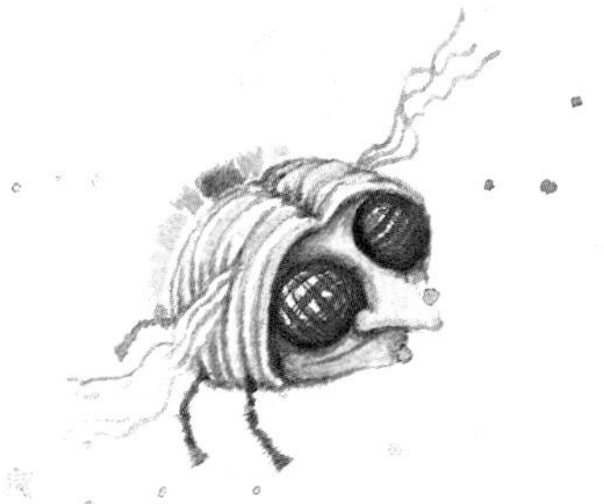

–¡Bzzzzz bzzzzz bzzzzz! –gritó al verla el moscardón enamorado, que seguía dando vueltas por ahí, y que en idioma moscardón quiere decir: "¡Bzzzzz bzzzzz bzzzzz!". Sin dudar un instante se abalanzó en picada hacia su amada, la abrazó con sus seis patas, para luego estamparle un beso de "te quiero" que retumbó en cada rincón del cuarto.

Entonces sucedió algo increíble, maravilloso, un verdadero milagro: un remolino de hojas secas multicolores envolvió a la mosca y al moscardón mientras detrás de ellos, un coro de seis angelitos, surgidos de la nada, entonaba un bolero. En pocos segundos, la mosca volvió a ser Piojera y el moscardón dejó lugar a la figura elegante de un príncipe. Bambini no podía creer lo que estaba viendo.

Piojera ya no tenía la verruga roja y amarilla en la nariz y un brillo especial resplandecía en sus ojos haciendo olvidar a la espantosa bruja que había sido. El amor había roto con todos los hechizos, incluido el que obligaba a Bambini a revelar todos los trucos, y esto le permitió ser perdonado por el Supremo Consejo de Magos.

Tiempo más tarde, Piojera y el Príncipe se casaron

y fueron felices por siempre por siempre.

Y para la fiesta contrataron a un gran mago:

el pequeño Bambini.

Fin